COLLECTION

DE

TABLEAUX

DE

M. MAXIMIN MAUREL

———◆———

Mᵉ DELBERGUE-CORMONT, Commissaire-Priseur, rue de Provence, 8.

M. CLÉMENT, Mᵈ d'Estampes de la Bibliothèque Impériale, rue des Saints-Pères, 3.

RENOU & MAULDE

IMPRIMEURS DE LA COMPAGNIE DES COMMISSAIRES-PRISEURS

Rue de Rivoli, nᵒ 144.

CATALOGUE

DES

TABLEAUX

DE LA

Collection de M. MAXIMIN MAUREL

DONT LA VENTE AUX ENCHÈRES PUBLIQUES AURA LIEU

HOTEL DES COMMISSAIRES-PRISEURS

Rue Drouot, n° 5

SALLE N° 3, AU 1er ÉTAGE

Le Lundi 10 Avril 1865.

A DEUX HEURES

Me DELBERGUE-CORMONT, Commissaire-Priseur,
rue de Provence, 8,

Assisté de **M. CLEMENT**, Md d'Estampes de la Bibliothèque Impériale,
rue des Saints-Pères, 3,

CHEZ LESQUELS SE TROUVE LE PRÉSENT CATALOGUE

EXPOSITION PUBLIQUE

Le Dimanche 9 Avril 1865, de une heure à quatre heures.

PARIS

RENOU & MAULDE

IMPRIMEURS DE LA COMPAGNIE DES COMMISSAIRES-PRISEURS

Rue de Rivoli, 144.

1865

Les attributions de l'Amateur ont été conservées.

CONDITIONS DE LA VENTE

Elle sera faite au comptant.

Les Acquéreurs paieront CINQ POUR CENT, en sus des adjudications, applicables aux frais.

La Collection de Tableaux, que nous offrons au public, ne brille pas par le nombre, mais elle contient des compositions qui nous paraissent dignes de l'attention des Amateurs.

Parmi les Maîtres dont les œuvres méritent une mention particulière, nous citerons : un Albert Cuyp, paysage capital ; un joli Karel Dujardin ; un portrait de femme, par Albert Durer ; une Vierge de Mabuse, qui rappelle celles des Van Eyck ; un délicieux paysage de Van der Heyden ; un triptyque, que nous attribuons à Holbein, dont il reproduit les types, et qui, dans tous les cas, serait l'œuvre d'un grand peintre ; un Abraham Hondius, maître dont les Tableaux sont fort rares ; un magnifique intérieur de Pieter de Hooch ;

une admirable Vierge de Léonard de Vinci ; le ravis-
sant dessin de la Psyché de Prudhon ; un beau paysage
de Rembrandt, dans le goût de ceux qu'on voit aux
Musées de Cassel, de Dresde, et dans la Galerie de
Brunswick ; un Cornélis Saft-Leven, composition ma-
gistrale, qui est probablement le chef-d'œuvre de ce
Maître peu connu ; un Lucas Van Uden ; *l'Été*, cité
par Descamps ; un Adriaan Van de Velde et une déli-
cieuse Marine de Villem, son cousin, marine dont
les figures sont de la main d'Adriaan.

Nous espérons donc qu'au jour de la Vente les
Amateurs ne nous feront pas défaut.

DÉSIGNATION

DES

TABLEAUX

ALLEGRI (Antonio), dit LE CORRÉGE

1 — Jésus chez Marthe et Marie.

Sur toile, dans un cadre sculpté.

H. 1 m. 15 c. L. 97 c.

BALEN (Jan Van) et KESSEL (Jan Van)

2 — L'Enlèvement de Proserpine.

Sur bois.

H. 54 c. L. 73 c.

BERESTRATEN (Jan)

3 — Port de mer.

Sur toile.

H. 65 c L 94 c

BOTH (Jan) et ECKHOUT (Gerbrand Van den)

4 — Le Baptême de l'Eunuque de la reine Caudace.
Sur bois, dans un cadre sculpté.

H. 54 c. L. 75 c.

ROSALBA (Carriera)

5 — Portrait de jeune femme.
Pastel.

H. 35 c. L. 22 c., 6 mil.

CLAUDIO COËLLO

6 — L'Annonciation.
Sur toile, signé à gauche, au bas du tableu.

H. 1 m. 11 c. L. 86 c.

CUYP (Albert)

7 — Le Crépuscule. Paysage avec figures et animaux.
Sur bois, signé, sur un tronc d'arbre, à droite, au bas du
tableau.

H. 82 c. L. 1 m. 14 c.

KAREL DUJARDIN

8 — Paysage avec figures et animaux.
Sur bois, dans un cadre sculpté.

H. 24 c. L. 29 c.

DURER (Albert)

9 — Portrait de jeune femme.

Sur bois.

H. 41 c. L. 33 c. 5 mil.

GOSSAERT (Jan), dit Jan de Mabuse ou de Maubeuge

10 — La Vierge à la pomme.

Sur bois, dans un cadre sculpté.

H. 35 c. L. 26 c.

GREUZE (Jean-Baptiste)

11 — Jeune Fille endormie.

Dessin ovale.

H. 31 c. 5 mil. L. 24 c. 5 mil.

12 — Jeune Fille éveillée.

Dessin ovale, formant pendant.

H. 31 c. 5 mil. L. 24 c. 5 mil.

HEYDEN (Jan Van der) et VAN DE VELDE (Ad.)

13 — Paysage avec figures et animaux.

Sur bois, signé à gauche, au bas du tableau.

H. 35 c. 4 mil. L. 44 c.

HANS HOLBEIN, LE JEUNE

14 — Triptyque.

Panneau central : le Calvaire.

Volet de gauche : le Donateur et ses fils.

Volet de droite : l'Épouse et les filles du donateur.

Sur le bois on distingue, au bas du volet de gauche, les vestiges effacés de la signature du maître.

H. du panneau central 1 m. 33 c. L. 89 c.

H. des volets latéraux 1 m. 27 c. L. 33 c.

HONDIUS (ABRAHAM)

15 — Cygne poursuivi par des chiens.

Sur bois, dans un cadre sculpté, signé à gauche au bas du tableau.

H. 26 c. L. 34 c. 6 mil.

DE HOOCH (PIETER)

16 — Riche intérieur.

Sur bois.

H. 72 c. L. 92 c.

JACOBSZ (LUC), dit LUCAS DE LEYDE

17 — L'Adoration des Mages.

Sur bois, avec fond d'or et cadre sculpté.

H. 28 c. 5 mil. L. 21 c.

ISABEY (Jean-Baptiste)

18 — Portrait de Mlle Mars.

Dessin rond au crayon noir, signé au bas à gauche.

H. 17 c. L. 17 c.

LÉONARD DE VINCI

19 — La Vierge et l'Enfant Jésus.

Sur bois, avec cadre sculpté.

On lit au revers du panneau : donné par le pape Benoît XIII (1724) au cardinal Polignac. Cabinet du roy.

H. 47 c. L. 35 c.

LÉONARD DE VINCI (D'après)

20 — Sainte Anne, la Vierge et l'Enfant Jésus.

Sur papier, collé sur bois.

H. 27 c. L. 34 c.

PRUD'HON (Pierre-Paul)

21 — Psyché enlevé par les zéphirs.

Dessin, sur papier bleu, aux crayons noir et blanc, a été lithographié par Aubry-Leboucher.

Collections Odiot et van den Zande.

H. 29 c. L. 23 c.

GUIDO RENI

22 — Tête de sainte Madeleine.

Pastel.

H. 35 c. 7 mil. L. 22 c. 5 mil.

REMBRANDT VAN RYN

23 — Paysage avec figures et animaux.

Sur toile, signé à droite, au bas du tableau.

H. 68 c. L. 58 c.

CORNELIS SAFT-LEVEN

24 — La Sorcière au sabbat.

Sur bois, avec cadre sculpté ; signé et daté de 1630, à gauche, au bas du tableau.

H. 55 c. L. 70 c.

RAFFAELLE SANZIO (École de)

25 — La Mort d'Ananie.

Sur bois, avec cadre sculpté.

H. 46 c. L. 69 c.

ROELAND SAVERY

26 — Orphée charmant les animaux par les sons de sa lyre.

Sur cuivre.

H. 40 c. L. 40 c.

UDEN (Lucas Van) et TÉNIERS (David), le jeune

27 — L'Été ou la Moisson. Paysage avec figures et animaux.

Sur bois.

H. 42 c. L. 71 c.

VAN DE VELDE (Adriaan)

28 — Paysage avec figures et animaux.

Sur bois.

H. 25 c. L. 68 c.

VAN DE VELDE (Willem), et VAN DE VELDE (Adriaan)

29 — Marine avec figures et animaux.

Sur bois, signé à gauche au bas du tableau.

H. 29 c. 6 mil. L. 42 c.

VANNUCHI (Andrea), dit Andrea DEL' SARTE

30 — L'Annonciation.

Sur bois.

H. 98 c. L. 70 c.

FRANS DE WETTE

31 — Joseph recevant, pendant la disette, des bijoux et des objets précieux en échange des farines, dont il avait approvisionné l'Égypte pendant les années d'abondance.

Sur bois.

H. 57 c. L. 80 c. 5 mil.

ENOU et MAULDE. Imprimeurs de la Compagnie des Commissaires-Priseurs, rue de Rivoli, 144.   40084

www.ingramcontent.com/pod-product-compliance
Lightning Source LLC
LaVergne TN
LVHW010857180726
843502LV00010B/3934